AF499875

LE COMTE

# REGNAUD DE S^T-JEAN-D'ANGÉLY

PAR

**Alphonse ROL.**

**PRIX : 50 CENTIMES.**

SAINT-JEAN-D'ANGÉLY

IMPRIMERIE SAUDAU AINÉ, RUE JEU-DE-PAUME, N° 3.

1863

# AVANT-PROPOS.

Faire une biographie, c'est se lancer dans un chemin raboteux et difficile, parcourir une voie entourée de précipices et de dangers; c'est labourer une terre rocailleuse et aride, et y semer un grain qui germera avec peine.

Surtout pour le jeune homme qui va voguer sans guide sur cette mer terrible, où son gouvernail sera impuissant à le diriger vers la *balise*, c'est un travail devant lequel il serait déjà prêt à reculer, inquiet et tremblant : il aperçoit les écueils hérissés sous ses pas et les torrents irrités, prêts à engloutir sa barque.......

Et encore, que dira-t-il de la vie d'un homme qui a vécu cinquante années avant lui?....................

Il voudrait prêter, comme hommage, son concours à la publicité d'un nom déjà connu et qui ne peut trouver dans tous les cœurs qu'un écho satisfaisant de sympathie et de respect, mais hélas!..... le terrain qu'il a le droit de parcourir est bien borné, et la gerbe des fleurs qu'il lui est permis de butiner sera bien faible!...........

Enfin, il dira peu; il citera d'une manière brève et succincte les phases de la gloire du héros de ***Saint-Fargeau*** et de ***Saint-Jean-d'Angély***............ mais il n'en trouvera pas moins, dans l'esprit de ses lecteurs, une approbation et une réception favorable, qui ne failliront pas, il l'espère, à son petit opuscule...............

Alphonse Rol.

# M.-L.-E. REGNAUD DE SAINT-JEAN-D'ANGÉLY.

## I

*Michel-Louis-Etienne* REGNAUD, naquit à *Saint-Fargeau*, département de l'*Yonne*, le 9 novembre 1760, fils d'un président de tribunal.

A l'âge de cinq ans, il quitta cette ville et vint habiter à *Saint-Jean-d'Angély*, auprès de la famille *Allenet*, à laquelle appartenait sa mère.

Il passa une partie de son enfance aux *Richards*, commune de *Mazeray*.

Il fit ses études de droit à Paris, et, en 1781, il fut reçu avocat, protégé par M. *Maugeais*, procureur de la sénéchaussée à *Saint-Jean-d'Angély*.....

Il se mêla de suite aux grandes luttes politiques et à la défense de la patrie ; on le vit à la tête d'éloquents orateurs, surpasser, par son génie, bien des devanciers célèbres.

En 1782, il devint lieutenant de la prévôté à *Rochefort*, c'est-à-dire officier des archers de la marine, chargé d'instruire les procès des gens de mer accusés de quelque crime et d'en faire le rapport au conseil de guerre.

De son passage à *Rochefort*, un agréable souvenir s'est perpétué dans la mémoire des gens qui l'ont connu, et, de famille en famille, ses louanges sont venues jusqu'à nous, comme une brise odoriférante répandue par le génie et rapportée jusqu'ici par le vent de la renommée.................... telle, la gentille fleur, éclose en une nuit, dans le vallon ou sur le coteau, répandra dans la prairie qui l'a vu naître une douce senteur dont l'air demeurera imprégné longtemps encore, après que plusieurs soleils brûlants auront détruit sa fraîcheur et qu'elle sera séchée et perdue.....................................

En 1789, M.-L.-E. REGNAUD fut nommé député aux Etats-Généraux par les trois ordres réunis de la sénéchaussée, et administrateur général des hospices de l'armée;

En 1798, il fut Conseiller d'Etat, Président de la section d'intérieur;

En 1802, il devint membre de l'Institut et de l'Académie française;

En 1804, procureur général près la haute cour impériale; plus tard, Ministre d'Etat et secrétaire de l'Etat de la famille impériale;

En 1808, il fut nommé comte de l'Empire, sous le titre de comte REGNAUD DE SAINT-JEAN-D'ANGÉLY.

## II

Le comte REGNAUD DE SAINT-JEAN-D'ANGÉLY prit à cœur les intérêts et s'occupa avec empressement de la ville dont il portait le nom, car c'est entièrement à son dévoûment, à la cause de sa patrie adoptive qu'on doit :

Les écluses de *Bernouet*, construites en 1809;

Les deux fondations de bienfaisance : hospice et école de charité, créés en 1810;

Un dépôt d'étalons et un escadron de cavalerie;

Et la propriété du collége des ***Bénédictins***, aujourd'hui occupée par une société de ***Maristes***, vouée à l'instruction publique. En 1811, l'Etat voulait vendre cet édifice, le comte s'y opposa et le fit donner à la ville.

Le 6 juin 1808, il écrivit au maire de ***Saint-Jean-d'Angély*** une lettre dont nous sommes heureux de pouvoir citer quelques passages :

« Monsieur le Maire,

« Sa Majesté m'a accordé le titre de comte de l'Empire,
« il m'aurait été permis de joindre à ce titre celui d'une
« propriété........ etc.....

« Mais j'ai exposé au Conseil des sceaux et des titres,
« mon vœu de conserver le surnom de SAINT-JEAN-D'ANGÉLY,
« de ma patrie adoptive, où j'ai l'orgueil de compter des
« amis précieux et sûrs, et à laquelle je suis affectionné de
« cœur.

« Le Conseil a exposé à Sa Majesté : *que le surnom de*
« *Saint-Jean-d'Angély a été donné par les circonstances à*
« *M.* REGNAUD, *qui l'a porté avec honneur dans des temps*
« *orageux, et que les décrets de nomination ou de commission*
« *dans lesquels Sa Majesté lui a donné des preuves de sa*
« *bienveillante confiance, sont autant de titres qui l'autori-*
« *sent à conserver le nom qui n'est propre qu'à rappeler les*
« *services que M.* REGNAUD *a rendus, les talents qu'il a mon-*
« *trés, les dangers auxquels il s'est exposé.....* etc.....

« Sa Majesté a daigné approuver la détermination
« du Conseil ; et les lettres patentes, qu'elle m'a fait déli-
« vrer, me donnent le nom de comte REGNAUD DE SAINT-
« JEAN-D'ANGÉLY.

« J'ai tâché d'honorer et de conserver ma patrie adop-
« tive. Elle m'a porté la première sur ce grand théâtre !
« J'ai à cœur de lui prouver que je n'ai pas manqué de
« reconnaissance et que j'ai cherché à mériter les suffrages
« dont je suis honoré dans son sein..... etc.............. »

Le comte s'attachait de tout cœur à cette ville où, jeune il avait déployé ses ailes pour s'enlever dans les hautes régions qu'il a parcourues avec tant d'honneur. Il s'intéressait vivement à ce lieu qui l'avait vu grandir et où il fit ses premiers pas lorsqu'il entreprit la route glorieuse, que suit encore sa postérité ; lorsqu'il embrassa cette carrière orageuse........ mais noble et belle, qui en fit un héros........

## III

En 1789, alors qu'il était député aux Etats-Généraux, le comte REGNAUD DE SAINT-JEAN-D'ANGÉLY rédigea le *Journal de Versailles*, feuille politique très-modérée.

Il rédigea encore le *Journal de Paris* où il soutint, de concert avec *André Chenier*, les idées et la politique de *Jacques Necker*, le ministre de *Louis XVI*.

Révoltés par les excès de la Révolution, ils osèrent les blâmer hautement par des lettres insérées dans le *Journal de Paris*; et c'est pour ce fait que *Chenier* fut traduit devant le tribunal révolutionnaire et condamné à mort en 1794.

Plus tard, le comte rédigea encore le *Journal de Milan*.

Dans tous ses écrits, sa doctrine se trouvait résumée en ces deux mots : ORDRE et CONCILIATION.

REGNAUD était donc à la fois :

Avocat,
Homme d'Etat,
Et journaliste.

Le 25 *vendemiaire* 1799 (16 octobre), le comte faisait partie avec *Sieyes*. *Talleyrand de Périgord* naguère ministre, *Lucien*, *Cambacérès*, *Rœderer*, *Real*, *Boulay de la Meurthe*, *Chenier et Semonville*, du conseil privé dans lequel fut arrêté la CONSTITUTION CONSULAIRE.

L'époque que nous décrivons est trop éloignée de nous pour que nous puissions embrasser à fond la tâche que nous osons entreprendre.......... en mauvais artistes, en sculpteurs du second rang, nous ne pouvons qu'ébaucher notre sujet.......... à plus habiles appartiendra le droit de fouiller nos dessins et d'en adoucir les traits grossiers et les coups de ciseau disparates..... à d'autres le soin d'augmenter ou de diminuer les teintes de nos ombres, d'enrichir et d'ornementer notre tableau............... nous nous effrayons un peu aussi des pessimistes : nous retenons alors notre élan, dans la crainte de voir notre plume s'embourber et se perdre !........

Nous aurions voulu retracer quelques anecdotes de l'existence de notre héros; nous aurions désiré pénétrer sa vie intime pour en redire les traits les plus saillants et les plus mémorables, et faire connaître quelques-uns de ses écrits...... mais, hélas! nous avons voulu voler avec des ailes peu fortes et devons-nous craindre la chûte d'*Icare*...............

Loin de ***Saint-Fargeau,*** berceau du comte; loin de la capitale où il vécut et se distingua; loin de ***Versailles*** et de ***Milan,*** où il rédigea avec esprit ses feuilles politiques........ nous devons nous contenter du faible bien dont nous avons la jouissance, et agir selon nos ressources..........

Les livres et écrits à compulser et parcourir à ce sujet sont fort rares............... papillonnons alors sur les quelque rameaux que nous avons en notre possession; recueillons les seuls lauriers que nous rencontrons sur notre route, quoiqu'ils ne soient qu'une faible part des triomphes et des honneurs remportés et mérités par M.-L.-E. Regnaud.

On nous raconte cependant l'anecdote suivante :

Quelque temps après sa nomination de Président au Conseil d'Etat, M.-L.-E. Regnaud vint à *Saint-Jean-d'Angély :* la foule l'attendait avec impatience aux portes de la ville. Un tailleur nommé *Biraud,* qui l'avait habillé quand il était avocat et lieutenant de la prévôté, avait voulu revoir *son ancienne pratique,* comme il l'appelait. Il s'*éclipsait* donc derrière la foule, et, d'un œil satisfait, il suivait tous les mouvements de Regnaud, recevant à sa descente de voiture les hommages de ses connaissances..... mais, par malheur, *Biraud* est aperçu, et le Président au Conseil d'Etat va droit au tailleur en lui disant : « *Approchez-vous donc* « *ici que je vous embrasse, mon cher Biraud,* « *vous qui m'avez donné tant de culottes à* « *crédit.* »

Le comte courut de grands dangers pendant la terreur.

Proscrit le 31 mai par les *Jacobins*, il ne put s'échapper que par ruse de leurs filets, pour être arrêté plus tard à *Douai*; il fut sauvé le 9 *thermidor* par la mort de *Robespierre* et la chûte de *la Montagne*.

Il obtint après ce temps-là un emploi à l'armée d'Italie.

Il seconda BONAPARTE au 18 *brumaire*, et c'est alors, comme nous l'avons déjà dit plus haut, qu'il fut nommé Conseiller d'Etat, Président de la section d'intérieur du Conseil d'Etat, Comte de l'Empire, et Procureur général près la Haute-Cour.

Dans toutes ces places, il porta haut les armes de la France; sentinelle vaillamment placée au poste le plus actif, il dirigea avec force et énergie la surveillance et les fonctions qui lui étaient conférées; aux abords du trône qu'il n'abandonna plus, il soutint avec courage jusqu'au bout les droits de son maître, auquel il resta toujours fidèle.

## IV

M.-L.-E. REGNAUD, concourut à la rédaction des codes, et principalement à celles du *Code Napoléon* et du *Code de Commerce*.

Il marchait à la tête du bataillon des Jurisconsultes, donnant la main à CAMBACÉRÈS, TREILHARD et même NAPOLÉON.

On lui doit la plus grande partie du *Code de Commerce*.

C'est lui qui, dans les séances des 8, 11, 15, 18, 22, 25 et 29 novembre 1806; des 3, 6, 12, 15, 17, 20 janvier; 14, 19 et 26 février 1807, exposa au Corps législatif les sept premiers titres du *Code de Commerce* :

1° *Des commerçants*;
2° *Des livres de commerce;*
3° *Des sociétés ;*
4° *Des séparations de biens ;*

5° *Des bourses de commerce, agents de change et courtiers ;*

6° *Des commissionnaires ;*

7° *Des achats et ventes.*

Il proposa encore, le 7 juin 1807, la première loi, composée des huit titres suivants, sur la *marine* :

1° *Des navires ou bâtiments de mer ;*

2° *De la saisie et vente de navires ;*

3° *Des propriétaires de navires ;*

4° *Du capitaine ;*

5° *De l'engagement ou loyer des matelots et gens d'équipage ;*

6° *Des chartes parties, affretement ou nolissement ;*

7° *Du connaissement ;*

8° *Du frêt ou nolis.*

Le projet du Code révisé par *Gorneau, Legras* et *Vidal-Roux*, d'après l'observation des tribunaux consultés, fut renvoyé à la sanction de REGNAUD.

## V

. . . . . . . . . . . . . .

Après les *Cent-Jours*, REGNAUD se montra fidèle à son Empereur.

C'est lui qui rédigea la réponse de sa patrie à la déclaration du 13 mars 1815, par laquelle le *Congrès de Vienne* mettait NAPOLÉON hors la loi et le désignait au public comme ennemi et perturbateur du repos du monde (1).

(1) Nous empruntons ce renseignement au *Courrier des Deux-Charentes*, journal de Saintes, qui continue en s'exprimant ainsi :

« Dans cette réponse presque improvisée, REGNAUD pose « nettement le principe aujourd'hui incontesté, sinon « appliqué, que chaque nation est maîtresse chez elle, et « a seule le droit de choisir le gouvernement qui lui con- « vient ; que toute idée contraire ne peut conduire qu'à un « attentat à la souveraineté et à l'indépendance des peu- « ples. »

Exilé loin de sa patrie, il fut atteint d'une maladie mortelle.

La France lui fut rouverte plus tard sous le *ministère Decazes,* et son fils vint lui-même le chercher pour le ramener à Paris.

Nous sommes heureux de pouvoir citer du COMTE REGNAUD DE SAINT-JEAN-D'ANGÉLY les strophes suivantes, que le retour dans sa patrie inspira à son cœur noble et bon :

« Je vais revoir cette terre chérie.
« J'irai mourir où j'ai reçu le jour :
« Que je vous plains vous en qui la patrie
« N'éveille pas un sentiment d'amour !
« De quel plaisir mon âme est enivrée !
« Mes yeux au jour viennent de se rouvrir,
« Je baise enfin cette terre sacrée ;
« Où je suis né je pourrai donc mourir. »

Inclinez-vous, lecteurs; soupirons ensemble et versons quelques larmes :

C'étaient les dernières lignes que la tremblante main d'un génie s'éteignant traçait sur le velin. . . . .

. . . . . . . . . . . . . . . . . . . . . . . . . . .

. . . . . . . . . . . . . . . . . . . . . . . . . . .

Il venait mourir..... mourir dans sa patrie !

Il allait revoir la terre chérie d'où il avait pris cet essor, qui l'avait dirigé dans les grandes luttes politiques et à la défense de l'Empire..... et plus tard à l'exil..........

Et de joie et de plaisir, il épanchait son cœur dans une douce poésie ; il se berçait de cette belle illusion : de mourir dans sa patrie :

« Je baise enfin cette terre sacrée ;
« Où je suis né je pourrai donc mourir !

Le 11 mars 1819, à 7 heures du soir, le comte arrivait à Paris...... à 2 heures du matin il avait cessé de vivre..........

Le grand homme avait été porter au ciel les palmes

d'ici bas, pour les unir à celles promises par son *Dieu*......................

M. *Buffault*, son beau-frère, apprit à la ville dont il avait élevé le nom cette mort tant à regretter.

Voici la lettre de M. *Buffault :*

« Monsieur,

« *Saint-Jean-d'Angély* vient de faire une bien grande « perte. Hier, mercredi, le comte Regnaud arrivait à Paris « à 7 heures du soir ; et aujourd'hui, jeudi, sa femme et « son fils le pleurent déjà. Il est mort ce matin à « 2 heures.

« Demain nous allons confier à la terre ces déplorables « restes d'un homme dont le cœur tenait à son pays par « trop de racines pour qu'il pût s'acclimater dans une terre « étrangère.............. »

## PLUS TARD.

Quarante-quatre ans après ce jour où le héros de *Saint-Fargeau* avait jeté le dernier soupir, *Saint-Jean-d'Angély*, sa patrie adoptive, comme il l'appelait, l'arrondissement tout entier, édifiait à sa mémoire une statue de bronze sur la place de l'Hôtel-de-Ville (1).

(1) Ce fut le 5 février 1860 que M. *le maire de Saint-Jean-d'Angély* proposa à une partie de la population de la ville assemblée dans la grande salle de l'Hôtel-de-Ville, l'érection d'une statue à la mémoire du comte Regnaud. Cette idée ayant été reçue avec joie et assentiment, un comité relatif à l'exécution de cette détermination fut de suite formé et une souscription *ad hoc* fut dirigée dans l'arrondissement : tout le monde alors, pauvre et riche, contribua à l'édification du monument.

Le comité se composait de MM. Texier, officier de la Légion-d'Honneur, membre du Conseil général, maire de la ville, *président ;* de Bonnegens, membre de la Légion-d'Honneur, président du tribunal civil, conseiller muni-

Ah! il a donc fallu pour que sa mémoire ne s'éteignit point avec les siècles, faire renaître sous le moule du fondeur les traits de cet homme dont la patrie reconnaissante devra toujours fêter et honorer la mémoire; il a donc fallu, pour que des temps vieillis apprennent que là vécut et se déploya un génie tant illustré, graver sur le marbre son nom, ses qualités et ses vertus.........

Il est donc l'heure de s'écrier avec *saint Jean-Chrysostôme :*

« Toujours, mais surtout maintenant, il est à propos « de dire : Vanités des vanités, tout est vanité. Où est « maintenant ce brillant entourage du consulat? où « sont ces torches étincelantes? où sont ces applaudis- « sements, ces chœurs, ces fêtes, ces réunions? où « sont ces couronnes et ces riches draperies? où est « cette agitation de la ville, ces acclamations dans les « hippodrômes et ces flatteries des spectateurs? tout « cela a disparu; un vent a soufflé avec violence qui a « abattu les feuilles de l'arbre, a mis l'arbre lui-même « à nu et l'a ébranlé jusque dans ses racines........... « (*traduit des pères Grecs*).

---

cipal; Tarnaud, négociant, premier juge au tribunal de commerce; S. Chopy, procureur impérial, conseiller municipal, *secrétaire;* Chevalier, archiprêtre, curé de la ville; Baud, aîné; Devers, Henri; Godet, avocat; Lacour, avocat; Pichot, avocat; Conseillers municipaux; Thouvenin, Alfred, conseiller municipal; Gautreau, bâtonnier de l'ordre des avocats; Clais, président de la Chambre des notaires, conseiller municipal, *trésorier;* Giron, président de la Chambre des avoués, conseiller municipal; Legendre, président de la Société philantropique, conseiller municipal; Chaine-Martin, président de la Société des anciens compagnons du devoir; Jollet-Constant, président de la Société des jardiniers; Duret, membre de la Légion-d'Honneur, président honoraire du tribunal civil; Brillouin, membre de la Légion-d'honneur, ancien magistrat de sûreté; Jolly d'Aussy, ancien auditeur au Conseil d'Etat, ancien sous-préfet de la Rochelle; Saint-Blancard, juge au tribunal civil.

De même, le grand génie a été ébranlé par les ans et la mort est venue le précipiter dans l'oubli........

Mais les lauriers étaient nombreux et verts, et ils n'ont pu disparaître et se flétrir........

Il est donc arrivé le moment de réveiller dans les esprits l'assoupissement et l'oubli pour le héros de *Saint-Jean*.....

La lampe ne doit pas s'éteindre faute d'huile; c'est aux enfants à alimenter la mèche allumée par leurs pères et à attiser cette flamme qu'ils ont conservée jusqu'à nous..............

Sous la main habile de l'artiste, vous avez fait revivre, *Angeriens*, les traits si beaux de l'exilé que la France ne put revoir qu'après un éloignement de cinq années et quelques heures seulement avant sa mort..... les fleurs ne pourront plus désormais se flétrir, et la gloire du comte REGNAUD DE SAINT-JEAN-D'ANGÉLY se perpétuera par le bronze à travers les siècles, les vents et les tempêtes...... Nos enfants et les enfants de nos enfants, les peuples présents, l'esprit ignorant et oublieux..... tous apprendront en voyant le monument qu'il est un homme dont la mémoire et la vie belle et héroïque ne doivent point tomber dans l'oubli du matérialisme........ qu'il est mort, mais qu'il a laissé sur la terre un digne représentant :

Son fils, le vaillant guerrier de MAGENTA, le *maréchal de France*, REGNAUD DE SAINT-JEAN-D'ANGÉLY.

## ÉPILOGUE.

Notre tâche est terminée : nous avons fait le grand tour de l'arène qui nous était ouverte ; nous avons suivi dans son vol audacieux le jeune aiglon qui, parti de *Saint-Fargeau* vers l'année 1765, vint s'abattre à

*Saint-Jean-d'Angély* pour y prendre des forces, et de là s'élever et aller planer avec gloire sur les villes où il devait se diriger ; nous l'avons enfin suivi dans son exil, et sommes revenus avec lui sur la terre de France pour recevoir son dernier soupir...... c'était alors un aigle ; il apportait avec lui la palme qu'il méritait, et nous avons recueilli cette palme que nous lui décernons de grand cœur et avec l'orgueil d'un habitant de l'***arrondissement de Saint-Jean-d'Angély***. . . . . . . . .
. . . . . . . . . . . . . . . . . . . . . . . . . .
. . . . . . . . . . . . . . . . . . . . . . . . . .

Et maintenant donc, semblables aux Athéniens qui vénéraient avec idolâtrie le PARALE, seul vestige qu'ils aient pu retirer de leur défaite à la journée d'EGOS-POTAMOS, nous vénérerons nous aussi la statue ***Paludate*** (1) du héros de ***Saint-Fargeau,*** et nous verrons là, sous ce bronze, cinquante-neuf années d'une vie belle et d'une existence ennoblie par les vertus, l'amour de la patrie et les innombrables services rendus par le comte REGNAUD à l'Etat, à sa patrie adoptive et à tous ses frères...................

(1) La statue du comte REGNAUD DE SAINT-JEAN-D'ANGÉLY est l'œuvre de M. BOGINO, auteur d'un *Ajax* très-remarquable.

FIN.

# NOTE.

## INAUGURATION

### De la Statue

## DU COMTE REGNAUD DE SAINT-JEAN-D'ANGÉLY.

Les fêtes de l'inauguration de la statue du comte REGNAUD DE SAINT-JEAN-D'ANGÉLY ont eu lieu les 23 et 24 août 1863.

Le *maréchal* REGNAUD, fils du comte, accompagné de ***Madame la Maréchale***, étaient arrivés à ***Saint-Jean-d'Angély*** le mercredi précédent (19).

Le maire avait adressé invitation à l'EMPEREUR qui, croyait-on, se ferait remplacer par le comte CHASSELOUP-LAUBAT, ministre de la marine.

Parmi les invités au nombre de quatre-vingts, on comptait :

Son Excellence le ministre de la guerre ; le maréchal VAILLANT ; le maréchal NIEL ; le PRÉSIDENT du Conseil d'Etat ; le premier président et le procureur général de la Cour impériale de ***Poitiers***; le général de division de ***Bordeaux***; M. le Préfet; Monseigneur l'Evêque de ***La Rochelle et de Saintes ;*** le général commandant le département ; les députés et les membres du Conseil général du département ; plusieurs officiers de la garde impériale.

Quelques espérances ont été déçues.....

Le cortége officiel du jour se composait ainsi :

Le général Roguet, grand officier de la Légion-d'Honneur, délégué de l'Empereur;

M. de Chassiron, sénateur, commandeur de la Légion-d'Honneur ;

M. Boinvilliers, président de section au Conseil d'Etat, représentant le Conseil d'Etat;

Monseigneur l'Evêque de La Rochelle et de Saintes;

M. Boffinton, préfet de la Charente-Inférieure, officier de la Légion-d'Honneur;

Le général Suau, commandant le département;

Le procureur général de la cour impériale de Poitiers;

M. Roy *(de Loulay)*, député de l'arrondissement;

MM. Texier et Dugué de la Fauconnerie, maire et sous-préfet de ***Saint-Jean-d'Angély ;***

MM. les Sous-Préfets des arrondissements de la Charente-Inférieure; les aides-de-camp du maréchal Regnaud et des généraux; des officiers de la garde impériale; et des représentants de divers Ordres ecclésiastiques et administratifs du département de la Charente-Inférieure.

Et, avec le concours de la musique du 50e de ligne, en garnison à La Rochelle;

Avec celui de la musique des pompiers et de la Société Orphéonique de ***Saint-Jean-d'Angély ;***

Et grâce encore au bon cœur et aux sentiments justes et loyaux des ouvriers de ***Saint-Jean-d'Angély*** et à l'esprit civique de ses habitants;

Cette fête n'a pû qu'être belle et resplendissante de l'éclat dont la Commission qui avait charge de le faire avait cherché à l'entourer.

Au nom du peuple qui assista avec empressement à l'inauguration de la statue du noble compatriote :

Merci à tous ceux qui, de bon cœur, ont bien voulu coopérer à l'exécution de cette solennité.

Nous ne pouvons terminer sans reproduire ici la cantate, composée en l'honneur de la fête par une de nos plumes intelligentes de *Saint-Jean-d'Angély*, et dont la musique de M. *Quignard* a été si bien exécutée par la Société Orphéonique, sous la présidence de M. *Thouvenin*, et la vice-présidence de M. *Lair.*

# CANTATE

## A la mémoire du Comte REGNAUD de Saint-Jean-d'Angély

Paroles de Camille GRIFFON de Saint-Jean-d'Angély.

I

Pour fêter en ce jour un nom cher à la France,
Des cités et des champs nous quittons les labeurs;
Et dans ces murs joyeux où brille l'espérance,
Heureux enfants, unis par la reconnaissance,
Nous venons apporter le tribut de nos cœurs!...
Salut à toi! Salut! image grande et belle,
Qu'ombragea si longtemps un laurier glorieux!
En te voyant ici cet instant nous rappelle
Le temps où parmi nous ta parole immortelle
Célébrait les exploits de nos nobles aïeux!

Pour toi Saint-Jean, oui, vont renaître encore
Ces temps heureux inscrits dans ton passé;
D'un jour nouveau tu vois briller l'aurore,
Et sous les yeux de celui qui t'honore
Tu grandiras au sein de ta prospérité!

II

Rendons un juste hommage au travailleur habile
Dont le talent fécond fait revivre à la fois,
L'illustre bienfaiteur, orgueil ne notre ville,
Et le profond penseur dont la plume fertile
Ainsi que le génie ont su dicter nos lois.
De la patrie heureuse, il écrivit la gloire,
Quand l'aigle conquérant parcourait l'univers;
Et dans un noble exil que gardera l'histoire,
Il s'acquit une place au temple de mémoire
Par sa vertu sublime au milieu des revers.

Pour toi Saint-Jean, son amour veille encore
Du haut des cieux où Dieu l'a rappelé;
D'un jour nouveau tu vois briller l'aurore,
Et sous les yeux de celui qui t'honore
Tu grandiras au sein de ta prospérité!

III

Quand sur les monts altiers (*), le fier vainqueur du monde
Entraînait après lui nos soldats de vingt ans,
Dans ces déserts glacés, solitude profonde,
Où l'aigle prend son vol, où l'aquilon qui gronde
Brisait en son courroux nos drapeaux triomphants,
Il suivit plein d'ardeur, d'amour et d'espérance,
L'étoile qui guidait le héros glorieux!
Et lorsque l'Italie après sa délivrance,
Ceignait de palmes d'or nos fronts victorieux,
Pour sa grandeur alors il adressa des vœux,
Et loin de son pays il fit aimer la France!

IV

Soyez le bienvenu dans ce jour d'allégresse,
O vous, digne héritier d'un passé plein d'honneur!
La gloire a su graver vos titres de noblesse
Sur le blason si pur où brille la valeur!
Vous avez combattu dans ces champs d'Italie,
Et fait renaître un nom que jadis on aima;
Vous avez délivré cette terre asservie
Où d'âge en âge aussi chacun rappellera
De ses libérateurs la mémoire chérie!

(*) Le passage des Alpes en 1796.

Nous arrivons au bout de notre course.............. arrêtons-nous ici!....... jetons un dernier regard sur ce bronze vivant qui domine le ***paradrôme;*** et n'oublions plus cette image.......... Ne soyons point ***papelards,*** mais vénérons-là de tout cœur.............. REGNAUD fut le père de sa patrie adoptive...... soyons alors bons fils!.......

Alphonse Rob.

St-Jean-d'Angély. — Imprimerie Saudau aîné.

www.ingramcontent.com/pod-product-compliance
Ingram Content Group UK Ltd.
Pitfield, Milton Keynes, MK11 3LW, UK
UKHW012312240726
13966UKWH00005B/1817